22210

LES
PROGRESSIVES

HUIT CHANSONS NOUVELLES ET INÉDITES,

PAR

LOUIS FESTEAU.

<table>
<tr><td>

LES CHERCHEURS D'OR.
LA HOTTE DU CHIFFONNIER.
LES DIEUX NOUVEAUX.
LA BUVETTE DE FANCHETTE.
L'HOMME AU PHYSIQUE ET AU MORAL.

</td><td>

LES ACCAPAREURS.
L'ORGIE.
LES AVEUGLES ET LES SOURDS.
LE SCEPTRE BRISÉ.
SATANÁS.

</td></tr>
</table>

Tirage à 15,000 exemplaires.

PARIS.

A LA LIBRAIRIE SPÉCIALE DE CHANT,

Chez **L. VIEILLOT**, éditeur des chansons de MM. L. FESTEAU
et A. JACQUEMART,
32, rue Notre-Dame-de-Nazareth.

LES CHERCHEURS D'OR.

AIR de Gaspardo.

Aux filons d'or arrachez leurs grenailles,
Gambusinos ! (1) vieux chercheurs de métaux,
Des noirs ravins disséquez les entrailles,
Sondez la grotte où pendent les cristaux.
Là-bas ! là-bas ! luisent des étincelles,
La-bas sommeille un magique trésor.
Du nouveau Roi recueillez les parcelles,
Fouillez l'abîme où les dieux cachent l'or !

Vers vous, l'Europe étend ses mains avides
Pour s'emparer des lingots corrupteurs ;
Sur ses lambris, sur ses haillons livides,
Ne faut-il pas des clinquants imposteurs ?
L'Europe en proie aux spasmes impudiques,
La bouche en feu, vous crie : encor ! encor !...
L'Europe a soif d'opiums métalliques ;
Fouillez l'abîme où les dieux cachent l'or !...

Echos lointains, les agens consulaires,
Courtiers de mots et de traités subtils,
Calmant la haine et les froides colères,
Des vieux réseaux rattachent les vieux fils ;
Mais, quand l'orgueil rompt ces fils d'araignées,
Dans les combats de Nestor à Nestor,
On se mitraille à grands coups de guinées.
Fouillez l'abîme où les dieux cachent l'or !...

(1) Gambusinos (*chercheurs d'or*) : c'est le nom qu'on donne à des travailleurs nomades qui se dévouent à la recherche des filons d'or.

Chaque matin, les maîtres du Pactole
Dans un bain d'or se font galvaniser;
Et dans l'olympe où luit leur auréole,
Peuples et Rois viennent les courtiser ;
Fesant tout haut, l'usure au denier-trente,
Ces Jupiter, sur leur pâle Thabor,
Ont pris pour trône une pompe aspirante;
Fouillez l'abîme où les dieux cachent l'or !..

L'or dilaté, vole et tombe en rosée
Sur les palais, les temples, les bazars,
Puis il s'enroule en parure irisée.
Sur les habits, les bras et les poignards.
Que d'impudeur ! que de laids frontispices
Enjolivés par un riche décor !
Il en faut tant pour dorer tous les vices !
Fouillez l'abîme où les dieux cachent l'or !...

Le Siècle, las de ses faux hypocrates,
Boit à tout vase et goûte à tout poison,
Mais les calmans, mais les brûlans stigmates
N'ont fait jaillir, ni mieux, ni guérison ;
Paré, fardé, dans sa molle atonie,
Le Siècle attend son dix-huit Thermidor ;
Pour amuser sa fièvreuse agonie,
Fouillez l'abîme où les dieux cachent l'or !...

Le papillon est dans la chrysalide :
Amis, tout meurt pour se recomposer ;
Que tout cœur noble et que tout bras valide,
De près, de loin, aillent fraterniser ;
Pour obtenir Bonheur, Indépendance,
D'accord, marchez, sur les pas d'un Mentor,
Dans les sillons creusés par la science;
Soldats de paix, cherchez cherchez de l'or !...

LA HOTTE DU CHIFFONNIER.

A FÉLIX PYAT.

AIR : A genoux devant le Soleil.

Au sommet des rives brillantes
L'homme assied ses heureux destins,
Et puis, sur des feuilles volantes,
Il écrit ses projets lointains ;
Sa vie, en vains efforts s'écoule,
Ecrits, plans, rêve printannier...
Ce château de cartes s'écroule
Dans la hotte du Chifonnier !!...

De la Coquette, adroits complices,
Légers rubans, pudiques fleurs,
Après quelques jours d'artifices,
Le Soleil pâlit vos couleurs !...
Arrachés du front de la belle
Et dégringolant du grenier ,
Zéphire vous chasse à coups d'aile
Dans la hotte du Chiffonnier !!...

Tout Charlatan parlementaire
Porte en main un petit drapeau
Sous lequel il jette au Vulgaire
Ses onguents, couverts d'oripeau ;
Hélas ! déteints par la Vieillesse
Et troués par le Chansonnier,
Les drapeaux tombent pièce à pièce
Dans la hotte du Chiffonnier !!...

Livrets du Travailleur docile,
Parchemins du Noble entêté,
Entre vous, un arbitre habile
Vient rétablir l'égalité ;
Confondant pauvreté, richesse,
Le Rat, ce rongeur casanier,

Met la roture et la noblesse
Dans la hotte du Chiffonnier ! !...

Royauté, République, Empire,
Météores brillans et courts,
Feuille à feuille le temps déchire
Vos bulletins et vos discours.
Adieu donc, lanternes magiques !
Adieu, saints du Calendrier !
On met vos poëmes épiques
Dans la hotte du Chiffonnier ! !...

Le Courtisan ressemble au liége
Floltant sur un mouvant ruisseau :
Lorsqu'une bourrasque l'assiége,
Il plonge... et revient à fleur d'eau,
En changeant de Maître et d'époque,
Il met, pour flatter le dernier,
Ses Serments, ses Rois, sa défroque
Dans la hotte du Chiffonnier ! !...

Du haut de votre Capitole
Parqueté d'assignats nouveaux,
Financiers, barrez le Pactole,
Réglez son cours et ses niveaux.
Vos coupons, malgré la morale,
Malgré les cris du Besacier,
Ont tous une valeur légale
Dans la hotte du Chiffonnier ! !...

Sonnets d'amour sur papier rose,
Petits billets de rendez-vous,
Après mainte métamorphose,
Dites-moi, que devenez-vous ?...
Les pleurs, les soupirs, les alarmes,
Ensemble vont communier !...
L'amour verse un ruisseau de larmes
Dans la hotte du Chiffonnier !...

La terre est un amas de tombes
Où pêle-mêle sont les corps ;
Foulant du pied les catacombes,
Les Vivans dansent sur les Morts.
Joyeux — l'un sur l'autre on se huche,
Le Temps ouvre son grand panier...
Son crochet vous frappe... on trébuche
Dans la hotte du Chiffonnier !

LES DIEUX NOUVEAUX.

AIR : Des peuples et des rois, ou : A Soixante ans, etc.

Les Dieux s'en vont !... et les vieilles légendes
Meurent d'oubli, croulent de vétusté,
Des nouveaux noms, réclament nos offrandes
Et les honneurs de la célébrité.
Le Siècle enfin, sort d'un pénible songe,
Pour lui s'allume un disque radieux ;
La Vérité détrône le Mensonge :
Au nouveau temple il faut de nouveaux dieux.

Envahissant les pages de l'histoire,
A leur profit, des mortels blasonnés
Ont des gradins au temple de mémoire
Pour leurs ayeux et pour leurs premiers-nés ;
Sans démolir les tréteaux ni les trônes,
Enfans du peuple, en vos cultes pieux,
Pour l'homme utile enlacez des couronnes :
Au nouveau temple il faut de nouveaux dieux.

A ses guerriers, le dieu des Scandinaves
Verse du sang dans des crânes humains ;
Aux Conquérans, les Courtisans esclaves
Donnent la pourpre en leur baisant les mains.
Fils de la terre, en nos fêtes civiques,
N'exaltons plus des vainqueurs furieux ;

Canonisons les héros pacifiques ;
Au nouveau temple il faut de nouveaux dieux.

Sapho, Médée, Armide et Messaline
Lèguent leurs noms à la postérité :
Aux durs labeurs de la chaste orpheline
Que donne-t'on ? outrage et pauvreté...
L'humble mansarde où la pudeur se voile
Pour nous doit être un gîte glorieux,
La chasteté porte au front une étoile :
Au nouveau temple il faut de nouveaux dieux.

Les grands acteurs du drame politique,
Tantôt renard, épagneul ou lion,
Des Libertés dérobent la tunique,
Pour faire un frac à leur ambition,
Brisons le masque, ôtons la carapace
A ces Janus, ergoteurs spécieux,
La Loyauté n'a qu'un front, qu'une face :
Au nouveau temple il faut de nouveaux Dieux.

Rome chrétienne en sa haute largesse,
Sanctifia d'immondes Capucins ;
Le célibat, le jeûne et la paresse
Peuplent le ciel de béats et de saints ;
A bas ! Caffards ! courtiers d'intolérance !
Place au Savant, au martyr studieux
Qui du chaos fait jaillir la science....
Au nouveau temple il faut de nouveaux dieux.

Peu satisfaits d'avoir dupé la terre,
Les rois du lucre avides de renom
Changent leur tombe en palais mortuaire,
Pour illustrer leur poussière et leur nom.
Loin des Forbans que la rapine souille,
Du Philanthrope, ange mystérieux,
Sous notre encens abritons la dépouille :
Au nouveau temple il faut de nouveaux dieux.

LA BUVETTE DE FANCHETTE.

Air : Dans la galére capitane.   (V. Hugo.)

Vieille caserne récrépie,
Fanchétte, apporte vite un broc!
Nous brûlons de faire tic'toc
Et nos gosiers ont la pépie;
De bons enfants, de gais farceurs
Viennent chez toi, tailler une bavette,
    Dans la buvette
    De Fanchette,
Nous étions vingt-cinq Ravageurs.

Ça, mangeons notre patrimoine,
Fermes, revenus et chateau;
Fanchonnette, apporte un morceau
Du compagnón de saint-Antoine;
Il faut aux Biberons-fumeurs
Une croustille avec une andouillette!
    Dans la buvette, etc.

Trève au sabbat! trève aux paroles!
Taisez-vous, messieurs les braillards!
En avant les couplets gaillards!
Déboutonnons la gaudriole...
Pour faire mieux ronfler les chœurs,
Roulons le verre, et que la table en pette!!..
    Dans la buvette, etc.

Le picton pousse à la tendresse,
Vive l'amour et les lurons !
Que le Sort soit juge, tirons
A pile ou face notre hôtesse.
..J'ai gagné... soyez beaux joueurs,
A moi la fille... à vous la chopinette!!...
    Dans la buvette, etc.

Contre le sort, on se taquine,
Des gros mots on en vient aux mains,
C'était le combat des Romains
Pour enlever une Sabine...
Pourquoi tant de cris, de fureurs !
Pour conquérir un vieux nid d'amourette?...
    Dans la buvette, etc.

Mais, non, Fanchette à toi la pomme !
N'es-tu pas reine en ton réduit?
Pour tes amours de cette nuit,
Allons ! choisis le plus bel homme ;
Toi qui plus à tant d'amateurs,
En vaillants coqs, tu te connais... poulette...
    Dans la buvette, etc.

Ouvrez! ouvrez à la patrouille!
(Dit le caporal des *Pigeons*),
Suivez-nous, messieurs, abrégeons!
Au violon tout se débrouille....
Nous, au nez des interrupteurs,
Nous envoyons, la table et la banquette.
    Dans la buvette, etc.

Au reçu de notre mitraille
La garde tourne les talons
Et sans retards nous avalons
Les canons du champ de bataille ;
Puis, en Léonidas vainqueurs,
Nous prenons tous.... la poudre d'escampette ! !.
    Dans la buvette
    De Fanchette,
Nous étions vingt-cinq Ravageurs.

N. B. Cette chanson est extraite du deuxième volume des chansons de M. LOUIS FESTEAU, intitulé les EGRILLARDES et contenant 80 chansons, 11 belles vignettes sur acier et 27 airs gravés, en vente chez L. VIEILLOT. — Prix 2 fr.

L'HOMME
AU PHYSIQUE ET AU MORAL.

Air : De Calpigi, ou : On dit que je suis sans malice.

Pour lorgner l'échelle des êtres,
J'écarquille les deux fenêtres
Qu'un dieu, charitable et profond,
Me perça, juste sous le front ;   *(Bis)*
Je dis, en voyant dans l'espèce,
Tant de vanité, de faiblesse :
« Au physique ainsi qu'au moral,
« L'homme est un plaisant animal. »

Voyez, mesdames les Syrènes,
Le corps encerclé de baleines :
Voyez, messieurs les Hernanis,
Besicle à l'œil et pieds vernis ;   *(Bis)*
Admirez leurs désinvoltures
Leurs fracs, leurs gigots, leurs tournures,
« Au physique, etc. »

Rapin est fier de sa barbiche,
Bestial est fier de son caniche,
Calicot est fier d'un faux-col ;
Hurlant est fier d'un mi-bémol,   *(Bis)*
Roc est fier de sa voix chatrée,
Sansuisse est fier de sa livrée.
« Au physique, etc. »

Changez ses habits, sa besace,
Soudain il prend une autre face :
Sous la toge il est processif,
Sous le sabre il est agressif ;   *(Bis)*
Poëte, il habite l'espace ;
Chiffonnier, il vit dans l'impasse.
« Au physique, etc. »

Dans les airs, sa main de pygmée
Veut saisir l'ombre et la fumée ;

Il donne, il reçoit le trépas
Pour des mots qu'il ne comprend pas. *(Bis)*
Pour sauver son âme inquiète
Il met son ventre à la diète.
« Au physique, etc. ».

Beaucoup, ont le cœur dans la nuque;
Le jugement dans la perruque;
Beaucoup, ont des pleurs dans la voix
Et des regards au bout des doigts;   *(Bis)*
Demandez à messieurs du Centre
Si l'esprit n'est pas dans le ventre?
« Au physique, etc. »

Il a pétri, pour son usage,
Des dieux de haut et bas étage;
Des noirs, des roux, des gris, des blancs,
De toute forme et de tous rangs;   *(Bis)*
De l'Egypte il a pris les fêtes
Ainsi que le culte des bêtes.
« Au physique, etc. »

Grands discours sur petites thèses ;
Grands mouvemens pour des fadaises;
Grands mots et grands cris, pour des riens;
Grands projets et petits moyens;   *(Bis)*
Grands combats pour petite cause;
Grands désespoirs pour peu de chose.
« Au physique, etc. »

Bref, sous la veste mercenaire,
Sous le frac du millionnaire,
Sous les clinquants du bateleur,
Sous la pourpre de l'empereur,   *(Bis)*
Sous la casquette ou le tricorne,
En roue, en groom, en âne, en borne,
« Au physique ainsi qu'au moral,
« L'homme est un plaisant animal. »

LES ACCAPAREURS
CHANT TRIOMPHAL.

AIR : Des clefs du paradis (Béranger).

La Famine et le Dieu Plutus
Ont pris en pitié vos écus
(Ouvrez vos mains, ouvrez vos poches) ;
Appliquez la sangsue au flanc ,
Saignez vite ! saignez à blanc,
    Grands Monopoleurs,
    Adroits Accapareurs,
    Transformez vos-poches
      En Saccoches

Malheur ! Malheur aux imprudents
Qui voudraient vous montrer les dents
(Ouvrez vos mains, ouvrez vos poches) ;
Au bout des fusils du pouvoir
Sont des crocs qui font peur à voir.
    Grands Monopoleurs, etc.

Les Gouvernements alarmés
Vous livrent les Gueux affamés
(Ouvrez vos mains, ouvrez vos poches);
Dans les greniers du matador
Un grain de blé, c'est un grain d'or!..
    Grands Monopoleurs, etc.

A votre dîme, à vos octrois,
Soumettez et peuples et rois
(Ouvrez vos mains, ouvrez vos poches);
Par vos Commis aux doigts crochus;
Fouillez Cérès, jaugez Bacchus !..
    Grands Monopoleurs, etc.

Des bésaces triplez les trous,
Ce qui s'en échappe est à vous

(Ouvrez vos mains, ouvrez vos poches);
La populace arrivera
A faire concurrence au rat.
      Grands Monopoleurs, etc.

Au faîte des halles aux grains
Plantez vos drapeaux souverains
(Ouvrez vos mains, ouvrez vos poches);
Dans votre antichambre, affichez :
MERCURIALE DES MARCHÉS !
      Grands Monopoleurs, etc.

Pour des lentilles ou des pois
Esaü vendit tous ses droits
(Ouvrez vos mains, ouvrez vos poches)
Pour une miche de pain bis
Vous achèterez mère et fils...
      Grands Monopoleurs, etc.

Les blutures et les regains
Doublent les chiffres de vos gains
(Ouvrez vos mains, ouvrez vos poches);
Par once de pain, un liard
Vous fait gagner un milliard,
      Grands Monopoleurs, etc.

Le pacte de Famine attend
La signature de Satan
(Ouvrez vos mains, ouvrez vos poches);
Le Diable avant d'entrer chez nous,
A l'Irlande tâte le pouls.
      Grands Monopoleurs, etc.

Allons ! grands prêtres de la faim,
L'Univers est à l'Aigréfin !
(Ouvrez vos mains, ouvrez vos poches);
La faim pour vos fronts décrépits,

Tresse une couronne d'épis.
    Grands Monopoleurs,
    Adroits Accapareurs,
    Transformez vos poches
        En saccoches !

L'ORGIE
AU 19ᵐᵉ SIÈCLE,

AIR : Gardez vos Dieux, vos plaisirs et vos fers.

Le Siècle croûle au milieu de l'orgie :
Tous les Repus sont assis au festin,
Le vin circule... et leur bouche élargie
Jette le rire et l'insulte au Destin,
Dans leur cénacle ouvert à la licence,
Au Dieu de l'or qui sait les réunir,
Ils ont vendu repos et conscience.
RÉNOVATEURS, SALUEZ L'AVENIR !

Le Siècle croûle au milieu de l'orgie :
Les rois du gain, pour tromper le regard,
De la parure empruntant la magie,
Couvrent leurs fronts de myrtes et de fard ;
Mais, sur ces traits pleins de béatitude,
Mais, sur ces fronts que l'art veut rajeunir,
La fleur fait honte à la décrépitude.
GRAVES PENSEURS, SALUEZ L'AVENIR !

Le Siècle croûle au milieu de l'orgie :
L'ardeur au sein, le désordre aux cheveux,
Mainte bacchante à la face rougie
Chante l'ivresse au bruit des vins mousseux.
Le vice impur leur sourit... pauvres femmes !

Le vice à jeun, demain va les honnir!!!
Misère, Orgueil ont défloré leurs âmes...
VIERGES SANS PAIN , SALUEZ L'AVENIR !

Le Siècle croûle au milieu de l'orgie :
Près des Viveurs la Révolte a heurté,
Maîtres, Valets quittant leur léthargie,
Le fer au poing vengent l'Ordre insulté,
Puis aux vitraux, quand la Famine frappe,
A l'Indigent qu'on ne peut contenir
On jette au nez les reliefs de la nappe,
PAUVRES HONTEUX, SALUEZ L'AVENIR !

Le Siècle croûle au milieu de l'orgie :
La terre au loin tremble en ses fondements,
Chaque buveur mêle avec énergie
Le choc du verre au choc des éléments;
Narguant la foudre et les cris de détresse,
Les Débauchés que les dieux vont punir,
Chantent le vin, l'astuce et la paresse.
GAIS TRAVAILLEURS, SALUEZ L'AVENIR !

Le Siècle croûle au milieu de l'orgie,
Dieu n'est qu'un mot !.. la vie est un éclair.
Le diable éteint la dernière bougie,
Allons, Repus, abrutissez la chair !
L'ombre est propice aux dévorantes fièvres,
Perdez la foi, perdez le souvenir !!!
Sardanapale est mort la coupe aux lèvres.
DESHÉRITÉS... SALUEZ L'AVENIR !

Le Siècle croûle au milieu de l'orgie :
Soldats de paix, Apôtres précurseurs
Sur tous les monts placez-vous en vigie :
De ce vieux globe éclairez les hauteurs.
Des Nations le cauchemar s'achève,
L'aube apparaît... et le jour va venir.
Dieu tient en main la balance et le glaive.
NOUVEAUX CROYANTS, SALUEZ L'AVENIR !...

LES AVEUGLES ET LES SOURDS,

AIR : A soixante ans.

Bien réfléchir, bien voir et bien comprendre,
Font du Penseur l'esprit et le savoir,
Mais que de gens écoutent sans entendre !
Que de mortels regardent sans rien voir !
Quand l'horizon s'éclaire de merveilles,
Dans une ornière ils vont, ils vont toujours :
Bien qu'ils aient tous, grands yeux, longues oreilles,
Ce monde est plein d'aveugles et de sourds !

Dans un vieux lange, ourlé par la routine,
L'homme grandit et rampe emmailloté ;
Au moindre obstacle, à la moindre doctrine,
Bambin timide, il fuit épouvanté :
Puis, il s'amuse à dénicher des merles,
Sans voir le Temps qui dévore ses jours.
Pauvres Savants ! prêchez, semez des perles...
Ce monde est plein d'aveugles et de sourds.

Un cheveu blanc paraît-il sur nos têtes ?
Le temps joint-il une ride à nos traits ?
Ivres d'orgueil et rêvant des conquêtes,
Nous pourchassons ces hôtes indiscrets ;
Et nous disons, à chaque aube nouvelle,
En appelant l'art à notre secours :
Cupidon ment... la glace est infidèle.
Ce monde est plein d'aveugles et de sourds.

En grimaçant près de femme gentille,
Crésus charmé prend un air conquérant ;
Le barbon croit que de l'adroite fille
Le cœur s'enflamme à son brasier mourant ;
Riant tout bas de ces tendres suppliques,
Eglé ne voit que de riches atours,

Eglé n'entend que des sons... métalliques.
Ce monde est plein d'aveugles et de sourds.

Divinisant l'orgie et la débauche,
Malgré nos cris, plus d'un jeune vieillard
Jette un cartel à la Mort qui nous fauche,
En l'insultant du geste et du regard.
Pauvre Imprudent, le frisson et la tombe
Sont accroupis sous la mousse où tu cours ;
A mi-chemin, il chancelle. . il succombe.
Ce monde est plein d'aveugles et de sourds.

Près d'un mousquet, sous un paratonnerre,
Le Riche insulte à la foudre des cieux ;
Il n'entend pas l'ouragan populaire
Grondant au loin, terrible et furieux ;
L'homme d'argent, sous l'encens qui le couvre,
La joie au front, gaiment marche à rebours ;
On crie en vain · voyez, le sol s'entr'ouvre !!
Ce monde est plein d'aveugles et de sourds.

Dans le dédale où l'intrigue serpente
Les Renégats singent les grands Seigneurs ;
Les voyez-vous, entraînés par la pente,
Comme à plat ventre ils roulent aux honneurs?
Auprès du but, leur paupière rougie,
N'aperçoit pas, dans les nombreux détours,
Les piloris où pend leur effigie.
Ce monde est plein d'aveugles et de sourds.

Jésus disait : « Tous les hommes sont frères ;
« A chacun d'eux, l'abeille doit son miel.
« Hors la vertu, tous biens sont éphémères,
« Aux Justes seuls, mon père ouvre le ciel. »
Pharisiens et Caïphe en délire,
Sans s'émouvoir, à ces profonds discours,
Clouaient le Dieu sur la croix du martyre.
Ce monde est plein d'aveugles et de sourds.

LE SCEPTRE BRISÉ.

CHANT LIBÉRATEUR D'UNE FILLE D'EVE.

Air : des Trois Couleurs, ou Nostradamus (Béranger).

Messieurs, traitons de puissance à puissance ;
Assez longtems la Force fit les droits ;
Dans ses arrêts, l'équitable Science
Ouvre à nos pas des sentiers moins étroits.
Hommes pétris d'amour-propre et d'argile,
Ne comptez plus sur un vieux code usé :
Le Siècle apprend un nouvel Évangile,
Messieurs les Rois, votre sceptre est brisé !!!

Parfois ce sceptre était une massue
Qui meurtrissait nos âmes et nos corps :
L'Amour, l'Hymen sans abris, sans issue,
Courbaient le front sous le bras des plus forts,
Songez qu'Amour meurt alors qu'on l'oppresse,
Mais en mourant ce petit Dieu rusé
Renvoie au cœur le trait dont on le blesse.
Messieurs les Rois, votre sceptre est brisé !!!

En regardant la comédie humaine
Où gesticule un grand nombre d'acteurs,
L'œil apperçoit les héros sur la scène,
Sans discerner tous les fils conducteurs,
De la coulisse où le drame s'explique,
Sur leur pavois riche et fleurdelysé,
Aux demi-dieux nous soufflons la réplique.
Messieurs les Rois, votre sceptre est brisé !!!

Faut-il lutter de ruse et de malice
Dans les champs clos d'un salon, d'un boudoir?
Grands Metternichs, craignez d'entrer en lice,
De nos lacets savez-vous le pouvoir?...
Tendre sourire anime un automate,
Tendre regard fait fondre un cœur bronzé;
L'œil d'une femme est un grand diplomate...
Messieurs les Rois, votre sceptre est brisé!..

Sur l'Opprimé qui tombe sur l'arène,
Quand vous posez vos pieds triomphateurs,
Toujours, toujours votre loi souveraine
Dompte les corps, sans soumettre les cœurs,
De vos travaux, nous séparons les nôtres,
En essuyant un front martyrisé,
Nous, des Vaincus nous faisons des Apôtres.
Messieurs les Rois, votre sceptre est brisé!!!

Doit-on citer Agnès, Armide, Omphale,
Jeanne, Sapho, Cléopâtre et Ninon?
Allez! allez! dans sa main triomphale,
La Gloire aussi porte notre pennon.
Pendant la paix, de ses mains aguerries
Quittant le casque et le fer aiguisé,
Mars à genoux brodé nos armoiries.
Messieurs les Rois, votre sceptre est brisé!!!

Au même char qui sillonne l'espace,
Courons ensemble à des destins meilleurs;
A vous le fer, l'or, la force et l'audace,
A nous les chants, les baumes et les fleurs:
Pour partager vos cœurs et vos empires,
Dieu nous donna sur ce globe épuisé
Vos premiers cris et vos derniers sourires.
Messieurs les Rois, votre sceptre est brisé!!!

SATANAS.

Visions fantastiques d'un malade.

— · · · —

Musique de M. FESTEAU; notée dans son 3ᵉ volume.

Hier, à ma vue en délire,
Satan apparut soudain;
Sur sa face on voyait luire
L'ironie et le dédain;
Plein d'effroi, je lançai vite
Au séducteur hypocrite
Mon goupillon par le né...
Eh! eh! eh! eh! eh! eh! eh!
Mais, en léchant l'eau bénite,
    Satanas a ricané....

Puis, des tableaux, des squelettes,
A moi s'offrent vaguement,
Le Diable met ses lunettes,
Et prend l'Ancien-Testament;
Voyant dans certain passage:
Dieu fit l'homme à son image,
Au ciel l'ayant destiné:
Eh! eh! eh! eh! eh! eh! eh!
En égratignant la page,
    Satanas a ricané....

La scène change, et dans Rome
J'entre au milieu du Sénat,
Là, maint fœtus de grand homme
Disait: *J'ai sauvé l'État.*
Plein d'ardeur patriotique,
Chacun du laurier civique
S'est lui-même couronné.....
Eh! eh! eh! eh! eh! eh! eh!
Dans la tribune publique
    Satanas a ricané....

J'entrevois une chapelle
Où s'unissent deux époux,
La Conjointe est tendre et belle,
Le Conjoint, vieux et jaloux :
Le flambeau sacré s'allume,
Sans briller il se consume
Pour un hymen suranné...
Eh! eh! eh! eh! eh! eh! eh!
Et sur la mèche qui fume
　　Satanas a ricané ...

Ecoutez! le canon gronde,
L'Empereur possède un fils,
L'heureux père, au sort, au monde,
Jette de hautains défis;
En sa somptueuse échope,
Plus d'un Roi tombe en syncope
Grâce au bambin nouveau-né....
Eh! eh! eh! eh! eh! eh! eh!
En tirant son horoscope
　　Satanas a ricané...

Sur un pré, je vois Fanchette
Qu'un lourdaud vient d'attaquer;
Dans sa chûte sur l'herbette,
J'entends son sabot craquer....
En vain elle dit au drille
De couvrir la peccadille
D'un contrat bien griffonné....
Eh! eh! eh! eh! eh! eh! eh!
Quand tu tombas, pauvre fille!...
　　Satanas a ricané....

Je vois trépasser l'élève
Du fameux Machiavel :
Sur une estrade, on élève
Le transfuge de l'autel ;
Dans un phamphlet apocryphe,
Je vois Talleyrand-pontife,

D'auréole couronné....
Eh ! eh ! eh ! eh ! eh ! eh ! eh !
Mais, en aiguisant sa griffe,
       Satanas a ricané....

Après un combat civique,
On illumine Paris,
Monarchie et République
Confondent leurs vœux, leurs cris ;
On se dit de proche en proche :
Quel beau jour ! puisqu'il rapproche
Gouvernant et gouverné !!!
Eh ! eh ! eh ! eh ! eh ! eh ! eh ! eh !
Au son lointain de la cloche,
       Satanas a ricané....

D'un vieux portefeuille il tire
Les archives du trépas,
Où le Destin vient inscrire
Les Mortels sautant le pas,
Pesant les vertus, les vices,
Et triant avec délices
Chaque Elu, chaque Damné,
Eh ! eh ! eh ! eh ! eh ! eh ! eh !
En comptant ses bénéfices
       Satanas a ricané....

Enfin, une main m'éveille
En écartant mon rideau,
Et l'on crie à mon oreille :
« *C'est le docteur Sangrado !*
Soudain, comme un coup d'optique,
Le prestige diabolique,
A l'enfer est retourné....
Eh ! eh ! eh ! eh ! eh ! eh ! eh !
En me montrant l'Empyrique,
       Satanas a ricané....

N. B. Cette chanson est extraite du troisième et dernier
volume des chansons et musique de M. Louis FESTEAU.

www.ingramcontent.com/pod-product-compliance
Ingram Content Group UK Ltd.
Pitfield, Milton Keynes, MK11 3LW, UK
UKHW021044120726
13693UKWH00006B/2422